SOCIÉTÉ UNIVERSELLE

DE LA

LITTÉRATURE

DES SCIENCES ET DES ARTS.

STATUTS PROPOSÉS.

> N'y a-t-il que le travail du corps?....
> Les premiers des hommes seront toujours ceux qui feront d'une feuille de papier, d'une toile, d'un marbre, d'un son, des choses impérissables.....
> La pensée n'a pas cours sur la place !
>
> ALFRED DE VIGNY.

PARIS,
H. DUMINERAY, LIBRAIRE-ÉDITEUR,
RUE RICHELIEU, 52.

1857.

SOCIÉTÉ UNIVERSELLE

DE LA

LITTÉRATURE

DES SCIENCES ET DES ARTS.

STATUTS PROPOSÉS.

PARIS,

H. DUMINERAY, LIBRAIRE-ÉDITEUR,

RUE RICHELIEU, 52.

1857.

> N'y a-t-il que le travail du corps?....
> Les premiers des hommes seront toujours ceux qui feront d'une feuille de papier, d'une toile, d'un marbre, d'un son, des choses impérissables.....
> La pensée n'a pas cours sur la place!
>
> ALFRED DE VIGNY.

Les plus grands esprits et tous les nobles cœurs ont élevé la voix contre la situation exceptionnelle dans laquelle gémit, au milieu de notre société, le propagateur de la pensée humaine, — poëte, savant, écrivain, artiste.

Nul n'a moins d'indépendance dans le présent, moins de sûreté pour l'avenir; car la propriété littéraire et artistique n'est point encore assez bien définie quant à sa nature, assez régulièrement organisée quant à l'échange de ses produits, assez justement défendue quant à sa transmission.

Une haute intelligence peut être brisée par la misère, tuée par la faim, avant d'avoir achevé son œuvre, qui eût illustré une nation, éclairé une époque!

La famille d'un Corneille peut manquer du nécessaire, tandis qu'autour d'elle on amasse d'opulents héritages avec les chefs-d'œuvre de celui dont elle porte le nom!

Qui ne connaît les difficultés innombrables qui entravent aujourd'hui le libre essor des jeunes talents?

Qui ne sait combien est lourde, — même pour les auteurs les plus heureux, les plus aimés du public, — l'exploitation indirecte et sans garantie que l'on fait de leurs ouvrages?

On se plaint, — et non sans raison, — de la décadence des lettres et des beaux-arts.

Elle ne provient pas uniquement de l'indifférence du public, entraîné, semblerait-il, vers des régions plus positives.

Elle a aussi pour cause — et n'est-ce point la principale? — la discorde qui règne parmi les savants, les littérateurs, les artistes, discorde matérielle et intellectuelle, individuelle et collective.

Il faut que cette discorde cesse!

Quelles que soient les opinions, quelles que soient les écoles, dans lesquelles se subdivisent, comme en des camps ennemis, les artistes, les écrivains, les savants, ils forment tous ensemble une seule armée, combattant avec les mêmes armes, — des idées, — entreprenant la même conquête, — la conquête des âmes.

Préparer l'union des membres dispersés du corps pensant, — union dont la fécondité serait immense, — voilà ce que veulent les auteurs du projet ci-joint.

Et ils veulent préparer cette union, non à l'aide des sympathies, qui ne s'improvisent pas, mais au moyen des intérêts, lesquels sont impérieux.

Ils proposent aux savants, aux littérateurs et aux artistes, de grouper leurs efforts dans une institution financière où, à titre de simples travailleurs et tout en conservant la liberté absolue de leurs tendances particulières, ils trouveront une rémunération équitable, proportionnelle, continue, de leur labeur, et, d'autre part, une assurance mutuelle et réelle contre les embarras quotidiens, sous lesquels jusqu'à présent ils sont restés courbés.

Ils proposent aux capitalistes de commanditer une entreprise où ils trouveront de la sécurité pour leurs capitaux, et qui non-seulement sera une bonne affaire, mais en même temps une bonne action.

Charles-Louis CHASSIN.

Edmond CAUVAL.

STATUTS PROPOSÉS.

TITRE Ier. Constitution, nom, durée et domicile de la Société.

Art. 1er. — Par ces présentes, il est formé une Société en nom collectif et en commandite, par actions, — Entre MM............ associés solidaires et seuls gérants responsables, — *d'une part,* — Et toutes les personnes qui deviendront souscripteurs ou cessionnaires d'une ou de plusieurs des actions ci-après créées, comme simples commanditaires, — *d'autre part.* = Les commanditaires ne seront engagés que pour le montant de leur mise sociale et ne pourront être soumis à aucun appel de fonds au delà de cette mise et à aucun rapport des intérêts ou dividendes perçus.

Cette Société sera convertie en Société anonyme, s'il est possible, et dans le plus bref délai. Tous pouvoirs et autorisations sont donnés aux Gérants à l'effet de faire tout ce qui sera nécessaire pour obtenir cette conversion et accepter toutes les modifications aux Statuts qui seraient réclamées ou autorisées par toute autorité compétente.

Art. 2. — La Société prend le titre de SOCIÉTÉ UNIVERSELLE DE LA LITTÉRATURE, DES SCIENCES ET DES ARTS.

Art. 3. — La durée de la Société est de quatre-vingt-dix-neuf ans et sa constitution datera du jour de l'approbation des présents Statuts par la première Assemblée générale des Actionnaires.

Art. 4. — Le siége de la Société est à Paris. — Des agences et succursales pourront être établies sur quelque point que ce soit de la France et de l'Etranger par la décision des Gérants. — Des succursales de premier ordre seront fondées, dès le commencement des opérations sociales, à Londres, Bruxelles, Leipzig, Stuttgard, Berlin, Lausanne, Turin, Madrid, Saint-Pétersbourg, Constantinople et New-York.

TITRE II. — Opérations de la Société.

Art. 5. — Les opérations de la Société sont les suivantes : — 1° Créer des rapports directs entre les auteurs et le public ; — 2° Publier toutes œuvres littéraires, scientifiques, artistiques, ayant paru et pouvant paraître en France ou à l'Etranger ; — 3° Tenir en dépôt et vendre au compte des éditeurs, des auteurs, des compositeurs de musique, des architectes, des artistes peintres, sculpteurs etc., tous les produits de leurs travaux, moyennant une remise proportionnelle sur le résultat de la vente ; — 4° Fonder une EXPOSITION PERMANENTE DES BEAUX-ARTS ; — 5° Se charger de la création, de la commandite, de la fusion ou transformation de toutes entreprises ou Sociétés scientifiques, littéraires et artistiques ; — 6° Fonder une BANQUE D'AVANCES pour aider les auteurs et artistes à entreprendre ou terminer leurs travaux, pour prêter sur les propriétés littéraires, artistiques et scientifiques, comme les autres Sociétés financières prêtent sur les immeubles et valeurs mobilières ou industrielles ; enfin, pour faire toutes opérations d'échange nécessitées par le genre de commerce auquel la Société se livre ; — 7° Établir une CAISSE DE SECOURS destinée à subvenir aux besoins les plus urgents des auteurs sans fortune, infirmes ou mis par la maladie ou par l'âge dans l'incapacité de travailler, et aussi à venir, en cas de mort, en aide à la famille du littérateur, savant ou artiste défunt ; — 8° Servir d'intermédiaire entre les auteurs, les directeurs de journaux, revues, théâtres, etc., pour la protection, l'admission et l'exploitation de leurs œuvres ; — 9° Établir un CABINET DE LECTURE POLYGLOTTE, où l'on trouvera les journaux, publications et ouvrages de tous les pays du monde ; — 10° Fonder un CERCLE LITTÉRAIRE, SCIENTIFIQUE, ARTISTIQUE, où les littérateurs, savants, artistes français ou résidant en France pourraient se rencontrer et recevoir les littérateurs, savants, artistes étrangers ; 11° Entreprendre des CONCERTS et des REPRÉSENTATIONS, etc., etc., au profit des artistes et des auteurs ; — 12° Créer un OFFICE CENTRAL INTERNATIONAL DE PUBLICITÉ.

Développement des opérations de la Société.

CHAPITRE Ier. — Opérations de librairie. — Cabinet de lecture. — Journaux. — Publicité.

Art. 6. — En principe, la Société paiera les auteurs sur les produits de leurs œuvres. Sa Banque d'avances sera toujours à même de leur donner immédiatement des à-compte sur les bénéfices futurs.

Art. 7. — Tous les ouvrages nouveaux seront publiés au compte des auteurs eux-mêmes et par eux, avec l'argent de la Société. — Après la rentrée des frais et avances, les auteurs, jusqu'à l'épuisement de l'édition, ont droit à soixante-cinq pour cent du résultat net de la vente, et la Société retiendra trente pour cent pour ses frais de gestion et d'exploitation ; les cinq pour cent restant seront réservés à la Caisse de secours.

Art. 8. — Les auteurs devront s'engager à confier à la Société l'exploitation complète et indéfinie de celles de leurs œuvres dont elle aura fait la première publication. En conséquence, pour toutes les éditions suivantes, quel qu'en soit le nombre et le format, ils auront toujours les mêmes droits dans le partage proportionnel des bénéfices.

Art. 9. — Les éditeurs qui voudraient s'affranchir des frais considérables qu'occasionne une exploitation particulière, pourront traiter avec la Société pour la vente en masse ou partielle des ouvrages dont ils sont ou deviendraient propriétaires.

Art. 10. — Les auteurs qui ne voudraient pas se soumettre au jugement des Comités de lecture ou n'auraient pas été acceptés par eux, pourraient néanmoins traiter directement avec la Société pour la publication de leurs ouvrages. Les frais étant couverts par les auteurs, ceux-ci abandonneraient une part dans les bénéfices de trente-cinq pour cent à la Société, qui, en revanche, emploierait pour les répandre et les vendre la même publicité qu'elle emploierait pour répandre et vendre les livres publiés sous sa responsabilité propre. — Sur les trente-cinq pour cent retenus, cinq pour cent seront toujours versés dans la Caisse de secours.

Art. 11. — Les Gérants de la Société organiseront directement, aux risques et périls de la Société, les œuvres collectives ou anonymes, telles que journaux, revues, dictionnaires, encyclopédies, manuels, livres d'instruction primaire, collections de classiques français, grecs, latins, etc.; traductions des littératures étrangères, histoires universelles et générales, collections de mémoires, de biographies et de monuments historiques inédits, etc.; traités populaires d'économie politique et sociale, d'hygiène publique et privée, de médecine pratique, de jurisprudence usuelle, etc., etc. — Sur les bénéfices nets que produiront ces diverses publications, il sera fait une retenue de cinq pour cent pour la Caisse de secours.

Art. 12. — Sur les éditions nouvelles de livres anciens, pour lesquels la Société n'aura pas de droits d'auteur à payer, il sera fait, sur les bénéfices nets, une retenue de cinquante pour cent pour la Caisse de secours.

Art. 13. — Le cabinet de lecture de la Société sera fondé à l'aide : — 1° Des exemplaires de tous les ouvrages déposés par les auteurs pour prouver leur qualité et pour acquérir le droit de participer à l'élection des membres des Comités et aux divers avantages offerts par la Société ; — 2° de tous les ouvrages publiés ou vendus par la Société ; — 3° des journaux et revues dont la Société tiendra le bureau d'abonnement central et le dépôt. — Des traducteurs en toutes les langues européennes seront attachés au cabinet de lecture et se mettront au service des lecteurs.

Art. 14. — La Société ouvrira un bureau de renseignements, de recherches littéraires, scientifiques, artistiques, de traductions et de correspondances privées en toutes langues. — Elle établira un office général de correspondances internationales et polyglottes, tant manuscrites qu'autographiées, lithographiées ou imprimées.

CHAPITRE II. — Concerts. — Représentations théâtrales. — Réunions diverses. — Cercle.

Art. 15. — La Société éditera les œuvres musicales de la même manière et aux mêmes conditions que les ouvrages littéraires.

Art. 16. — La Société, par elle-même comme sur la demande des intéressés, pourra entreprendre l'exécution d'œuvres musicales et dramatiques inédites et organiser des concerts tant à son siége qu'au dehors. — Sur les bénéfices nets, la Société prélèvera trente pour cent, la Caisse de secours cinq ; et les droits réciproques des auteurs et des acteurs, des compositeurs et des exécutants seront fixés d'après un tarif dont les Comités spéciaux établiront les bases à leur entrée en fonctions.

Art. 17. —Un ou plusieurs des salons de la Société seront spécialement appropriés pour les cours publics de science, de littérature et d'art ; pour les congrès de savants, de littérateurs, d'artistes, de statisticiens, d'économistes, etc., etc. — Ces réunions de divers genres seront ou gratuites ou payantes.

Art. 18. — La Société constituera un Cercle littéraire et artistique ; elle remet à qui de droit, aux écrivains et aux artistes, d'en établir librement les statuts.

CHAPITRE III. — Exposition et vente des objets d'art.

Art. 19. — L'exposition des œuvres des architectes, des artistes peintres, sculpteurs, graveurs, dessinateurs, etc., aura lieu au siége de la Société et dans ses principales succursales.

Art. 20. — Les œuvres qui pourront y être admises seront de trois sortes : 1° celles reçues par le *Comité artistique* de la Société ; 2° celles des artistes qui, ayant été éliminés par le Comité ou n'ayant pas voulu se soumettre à son jugement, auront loué le local occupé par leurs tableaux, statues et dessins ; 3° enfin les objets d'art de diverses provenances dont la Société entreprendrait à ses propres risques l'achat et la vente. — Le nombre des œuvres à admettre sera proportionné au local dont disposera la Société.

Art. 21. — La vente des œuvres artistiques sera opérée par surenchère ainsi conçue : le premier visiteur désirant acquérir une des œuvres exposées proposera son prix à l'un des employés présents de la Société, lequel, si ledit prix est égal au minimum accepté par l'artiste, lui donnera un récépissé de son offre détaché d'un registre à souche; sur l'objet d'art sera placée une étiquette très-apparente indiquant le prix proposé; si, au-dessus de ce prix, un second acquéreur se présente, sa proposition sera admise et enregistrée comme ci-dessus, et avis immédiat de la surenchère sera donné au premier acheteur ; ainsi de suite. — L'œuvre artistique sera livrée au domicile du plus fort enchérisseur à la fin de l'exposition. — Sur le produit de la vente ainsi faite, soixante-cinq pour cent appartiendront à l'artiste, trente à la Société et cinq à la Caisse de secours.

CHAPITRE IV. — Protection de la propriété littéraire, scientifique et artistique.

Art. 22. — La Société veille à la conservation et au respect de la propriété scientifique, artistique et littéraire, sous toutes ses formes. Elle se charge de recueillir les droits dûs aux auteurs, compositeurs et artistes qui lui auront confié leurs intérêts, tant en France qu'à l'Etranger, conformément aux lois, traités et conventions en usage.

Art. 23. — Le Conseil judiciaire de la Société sera toujours prêt à fournir ses consultations, au besoin son appui, à tous les littérateurs, savants et artistes. — En cas de gain des procès, les dépenses faites par la Banque d'avances lui seront remboursées. — Dans le cas contraire, si le perdant se trouve dans l'impossibilité de solder immédiatement les frais et dépens, la Société lui en prêtera le montant et se remboursera sur ses droits d'auteur à recueillir.

Art. 24. — Après l'expiration de la durée légale de la propriété littéraire ou artistique, la Société assure à l'auteur ou artiste qui aura publié ses œuvres par son entremise de faire participer sa veuve, ses enfants et petits enfants, son père et sa mère, ses frères et sœurs, ses neveux et nièces, aux bénéfices qui résulteront des rééditions qu'elle fera desdites œuvres avec les avantages dont il jouissait de son vivant, sauf abandon de quinze pour cent au lieu de cinq à la Caisse de secours.

CHAPITRE V. — Banque d'avances.

Art. 25. — La Banque d'avances sera administrée par les Gérants de la Société, assistés du Conseil de surveillance.

Art. 26. — Des avances seront faites aux littérateurs, savants et artistes, pour l'achèvement des œuvres commencées ou pour l'exécution d'œuvres dont le plan seul aura été tracé. — Les demandeurs présenteront leur requête à leurs Comités respectifs, s'appuieront des œuvres déjà publiées par eux, des notabilités qu'ils connaissent, ou même, s'ils ne connaissent personne, se présenteront simplement au Comité qui jugera s'ils ont droit ou non à l'appui de la Société.

Art. 27. — Le montant des avances à faire sera fixé par les Gérants de la Société, le Conseil de surveillance entendu, sur le rapport des Comités.

Art. 28. — S'il arrivait qu'un ouvrage sur lequel la Société aurait fait une avance ne parût pas, sans que l'auteur ou la Société en fût coupable, l'auteur resterait débiteur de la Société, qui ne se rembourserait que sur ses droits à recueillir ultérieurement.

Art. 29. — S'il arrivait que l'auteur mourût avant d'avoir terminé son ouvrage, aucune réclamation ne serait adressée à sa veuve ou à ses orphelins, si ceux-ci se trouvaient dans l'impossibilité d'acquitter la dette contractée par le défunt. La Banque d'avances serait indemnisée en ce cas par la Caisse de secours.

Art. 30. — S'il arrivait que l'ouvrage servant de nantissement au prêt ne parût pas, de la faute même de l'auteur, une mise en demeure lui serait faite par la Gérance, un délai proposé et accepté de gré à gré. Après quoi, si nul empêchement acceptable ne s'était produit, le prêt pourrait être réclamé par toutes les voies de droit.

Art. 31. — La Banque d'avances fera toutes ses opérations moyennant un intérêt de cinq pour cent par an.

CHAPITRE VI. — Caisse de secours.

Art. 32. — La caisse de secours, alimentée par les prélèvements mentionnés ci-dessus, sera administrée par les Comités scientifiques, artistiques et littéraires, ou par leurs délégués.

Art. 33. — § 1. La Caisse de secours pourra accepter tous les dons et legs qui lui seraient faits par des tiers en faveur des artistes, auteurs et savants dans le besoin. — § 2. Elle accepterait aussi les dons et legs faits, à titres d'encouragements, pour l'établissement de concours ou la publication d'ouvrages spéciaux.

Art. 34. — Les fonds de la Caisse de secours seront inaliénables et insaisissables.

TITRE III. — Constitution du capital social.

Art. 35. — Le capital social, qui pourra être augmenté, est fixé dès à présent à la somme de DIX MILLIONS DE FRANCS, représenté par VINGT MILLE ACTIONS de cinq cents francs chacune.

Art. 36. — Les souscripteurs seront tenus de verser une somme de CENT VINGT-CINQ francs par action en souscrivant.

Art. 37. — Le montant des actions peut être versé à Paris, au siége social, ou, au nom des Gérants et pour le compte de la Société, dans la caisse de M.........., banquier de la Société.

Art. 38. — Les actions seront nominatives jusqu'à leur entière libération, conformément à l'article 2 de la loi sur les Sociétés en commandite. — Après le versement des deux cinquièmes de leur valeur (soit DEUX CENTS FRANCS), elles pourront se transférer par la voie de l'endossement ; mais, pour être valable vis-à-vis de la Société, ce transfert devra être réitéré par une déclaration du cédant et du cessionnaire, signée sur un registre spécial tenu au siége de la Société et visé par les Gérants. Il sera, pour chaque action ainsi transférée, perçu un droit de transfert fixé à........... par la première Assemblée générale des Actionnaires. — Après entière libération, les actions provisoires pourront être échangées contre des titres au porteur.

Art. 39. — Lesdites actions donneront droit, indépendamment de l'intérêt de cinq pour cent dû au capital versé, à un dividende de .... pour cent dans les bénéfices nets de la Société.

Art. 40. — Les époques des versements successifs, que les Actionnaires auront à faire, seront fixées par les Gérants, d'après l'avis du Conseil de surveillance, et seront toujours annoncées un mois à l'avance, au moyen d'une insertion dans les principaux journaux.

Art. 41. — Les versements successifs seront constatés sur les certificats provisoires délivrés conformément à la loi.

Art. 42. — Chaque action est indivisible pour la Société qui n'en reconnaît pas le fractionnement.

Art. 43. La souscription d'une ou de plusieurs actions emporte de plein droit adhésion aux Statuts et règlements de la Société et aux décisions de l'Assemblée générale des Actionnaires.

Art. 44. — Les Actionnaires ne sont obligés qu'au payement du capital de leurs actions, aux époques fixées pour les versements; mais ils sont toujours responsables du paiement intégral de ce capital, qu'ils aient ou non transféré leurs coupons d'actions.

Art. 45. — Les héritiers ou créanciers d'un Actionnaire ne peuvent, sous quelque prétexte que ce soit, provoquer l'apposition des scellés sur les biens ou valeurs de la Société, en demander le partage ou la vente, ni s'immiscer eux-mêmes dans son administration. — Ils doivent, pour l'exercice de leurs droits, s'en rapporter aux inventaires sociaux et aux décisions des Assemblées générales conformes aux Statuts.

Art. 46. — Les actions dont les versements n'auront pas été effectués dans les délais fixés seront annulées, et les sommes versées par les souscripteurs en défaut acquises de droit à la Société.

TITRE IV. — Administration.

Art. 47. La Société, en attendant sa conversion en Société anoyme, est administrée par deux Gérants, assistés d'un Conseil de surveillance. — Les Gérants sont MM.........................

CHAPITRE Ier. — Attributions des Gérants.

Art. 48. — Les Gérants ont les pouvoirs nécessaires pour l'administration des affaires sociales. = § 1er. Le Conseil de surveillance entendu, ils achètent ou louent les immeubles utiles à l'établissement du siége de la Société et de ses dépendances; ils font ou autorisent toutes acquisitions de meubles et tous frais nécessaires à l'installation de la Société et de ses succursales. = § 2. De concert avec le Conseil de surveillance, ils déterminent les frais d'administration, font tous les règlements intérieurs, nomment et révoquent tous agents et employés; arrêtent leurs attributions et appointements, leur donnent des gratifications proportionnelles aux services rendus, distribuent entre eux la part qui pourra leur être allouée dans les bénéfices par l'Assemblée générale des Actionnaires. = § 3. Ils autorisent ou font tout achat, vente, échange d'œuvres littéraires, scientifiques, artistiques, dramatiques et musicales, toutes exploitations et entreprises, et généralement toute espèce de contrats, transactions et opérations rentrant dans les limites fixées par les présents Statuts. = § 4. Ils créent ou suppriment les succursales et agences. = § 5. Chaque année ils préparent les comptes qui seront présentés à l'Assemblée générale des Actionnaires. = § 6. Ils proposent au Conseil de surveillance le dividende à distribuer aux Actionnaires, et règlent l'emploi des fonds disponibles. = § 7. Tous les mois, ils soumettent au Conseil de surveillance un état financier de la Société.

Art. 49. — Les Gérants représentent exclusivement la Société dans toutes les affaires qu'elle pourra entreprendre ou dans lesquelles elle se trouvera mêlée, tant en France qu'à l'Etranger.

Art. 50. — § 1er. Spécialement, les Gérants représentent la Société devant toute juridiction, en demandeurs comme en défendeurs. = § 2. Seuls ils signent de la raison sociale la correspondance courante, les effets de commerce, les traités et conventions.

Art. 51. — Les Gérants peuvent, avec l'approbation préalable du Conseil de surveillance, déléguer par procuration et sous leur propre responsabilité, tout ou partie de leurs pouvoirs à qui il leur conviendra.

Art. 52. — Les Gérants ne peuvent s'absenter tous les deux en même temps sans l'agrément du Conseil de surveillance.

Art. 53. — Les Gérants, collectivement et individuellement, sont responsables envers la Société de leurs décisions et de leurs actes, en tant qu'ils agiraient en dehors de leur mandat et qu'ils causeraient ainsi préjudice à la Société.

Art. 54. — Les gérants reçoivent une rétribution fixe de.......

.... votée en Assemblée générale des Actionnaires, et, en outre, une part de.......... dans les bénéfices nets de la Société.

CHAPITRE II. — Conseil de surveillance.

Art. 55. — Le Conseil de surveillance est composé de dix membres choisis en Assemblée générale des Actionnaires.

Art. 56. — Les Gérants ne peuvent pas prendre part à ce vote ni présenter à la nomination des Actionnaires aucun membre du Conseil.

Art. 57. — La première élection des membres du Conseil de surveillance est faite pour un an.

Art. 58. — Après la première année, la durée des fonctions des membres du Conseil de surveillance est de cinq ans. Ils sont renouvelés par cinquième chaque année. Ils peuvent être réélus.

Art. 59.— Si par décès, démissions, empêchements permanents, le nombre des membres du Conseil de surveillance se trouvait réduit à cinq membres, une Assemblée générale extraordinaire serait immédiatement convoquée par les Gérants, afin d'élire les membres nécessaires pour compléter le Conseil. — Les fonctions des Conseillers ainsi nommés ne dureront que le temps restant à courir sur l'exercice des membres par eux remplacés.

Art. 60. — Le Conseil de surveillance choisit, chaque année, parmi ses membres, un Président, un vice-Président et un Secrétaire dont les fonctions durent un an et qui peuvent être réélus. — L'élection a lieu tous les ans, dans la première réunion qui suit l'Assemblée générale ordinaire. — En cas d'absence du Président et du vice-Président, le Conseil désignera celui de ses membres présents qui remplira les fonctions de Président.

Art. 61. — Le Conseil de surveillance se réunit au siége social aussi souvent que les intérêts de la Société l'exigent et au moins une fois par mois. — Il se réunit, en outre, toutes les fois que les Gérants le réclament.

Art. 62. — Le Conseil décide à la majorité absolue des membres présents. En cas de partage, la voix du Président est prépondérante. — Cinq membres, au moins, doivent être présents pour que les délibérations soient valables, et, dans ce cas, les décisions doivent être prises à l'unanimité. A défaut d'unanimité, on remettra à décider sur le point en litige jusqu'au moment où les absents, avertis, auront pu émettre leur opinion.

Art. 63. — Le Conseil de surveillance contrôle incessamment les actes de la Gérance. Il vérifie les livres, la caisse, le portefeuille et les valeurs de la Société. Il reçoit mensuellement des Gérants et peut exiger d'eux, quand bon lui semble, des états de caisse et un résumé des opérations sociales. Chaque année, il fait un rapport à l'Assemblée générale sur les inventaires et sur les propositions de distribution de dividende faites par les Gérants.

Art. 64. — Le Conseil ne pourra statuer sur les appels de fonds que sur la proposition des Gérants.

Art. 65. — Les délibérations du Conseil de surveillance seront constatées par des procès-verbaux signés par le Président et par tous les membres présents à la réunion. — Pour être valables, les copies ou extraits de ces procès-verbaux doivent porter la signature du Président ou de celui qui le remplace, et, de plus, celle d'un autre membre du Conseil de surveillance.

Art. 66. — Aux membres du Conseil de surveillance seront alloués des jetons de présence, dont la valeur sera déterminée par l'Assemblée générale des Actionnaires.

TITRE V. — Conseil judiciaire.

Art. 67. — Le Conseil judiciaire de la Société se compose de cinq membres honoraires et de cinq membres titulaires, dont trois, au moins, doivent toujours résider à Paris, et se tenir à la disposition de la Société.

Art. 68. — Des honoraires sont alloués aux uns et aux autres, selon les services qu'ils sont appelés à rendre à la Société.

Art. 69. — Les Conseillers en service permanent expédient les affaires journalières. — Pour les affaires importantes, ils sont tenus de s'adjoindre deux autres membres du Conseil. — Dans les affaires graves, les Gérants, le Conseil de surveillance entendu, provoquent la réunion générale des membres du Conseil judiciaire.

TITRE VI. — Assemblée générale des Actionnaires.

Art. 70. — L'Assemblée générale des Actionnaires légalement constituée représente l'universalité des Actionnaires.

Art. 71. — Elle se compose de tous les Actionnaires qui auront déposé une ou plusieurs actions à Paris, entre les mains des Gérants de la Société, dix jours, au moins, avant l'époque fixée pour sa réunion. — Un récépissé nominatif, délivré par les Gérants, désignera le jour auquel aura eu lieu le dépôt et servira de carte d'admission.

Art. 72. — Tout Actionnaire ayant droit d'assister à l'Assemblée générale ne pourra s'y faire représenter que par un Actionnaire ayant lui-même droit d'y être admis.

Art. 73. — Les femmes mariées, les mineurs, les Sociétés et les établissements publics ayant droit d'assister à l'Assemblée pourront s'y faire représenter par leur maris, par leurs tuteurs ou curateurs et par leurs administrateurs respectifs, pourvu que ceux-ci soient porteurs d'une autorisation ou d'un pouvoir suffisant pour prendre part aux délibérations de l'Assemblée, et qu'ils remplissent les conditions ci-dessus énoncées.

Art. 74. — L'Assemblée générale ordinaire a lieu tous les ans dans le courant du mois de juillet, au siége de la Société.

Art. 75. — Elle se réunira extraordinairement toutes les fois que les Gérants, le Conseil de surveillance entendu, en auront reconnu la nécessité.

Art. 76. — Les convocations seront faites un mois au moins avant la réunion, par avis insérés dans les principaux journaux français et étrangers.

Art. 77. — L'Assemblée sera valablement constituée, lorsque les membres présents ou représentés seront possesseurs de la moitié plus une des actions émises en France.

Art. 78. — Si, sur la première convocation, cette condition n'était pas remplie, il en serait fait une seconde à quinze jours d'intervalle. — Dans ce cas, le délai pour le dépôt des actions serait réduit à huit jours. — Les membres présents à la deuxième assemblée délibéreront valablement, quels que soient leur nombre et celui des actions représentées par eux, mais ils ne pourront discuter que les objets pour lesquels ils auront été convoqués.

Art. 79. — L'Assemblée sera présidée par le Président du Conseil de surveillance, et, à son défaut, par le vice-Président ou par l'un des deux Gérants que le Conseil déléguera à cet effet. — Les deux plus forts Actionnaires présents, et, sur leur refus, ceux qui les suivront dans l'ordre de la liste jusqu'à acceptation, seront invités à remplir les fontions de Scrutateurs. — Le Président et les Scrutateurs désigneront le Secrétaire.

Art. 80. — L'ordre du jour sera arrêté par les Gérants, de concert avec le Conseil de surveillance. Il ne sera délibéré que sur des propositions émanant des Gérants ou du Conseil, et sur celles qui auraient été présentées aux Gérants ou au Conseil, dix jours au moins avant le jour indiqué pour la réunion, par vingt-cinq Actionnaires ayant droit de faire partie de cette assemblée.

Art. 81. — Les délibérations seront prises à la majorité absolue des voix présentes ou représentées. — Une action donne droit à une voix ; vingt actions, à deux voix ; quarante actions, à trois voix ; quatre-vingts actions, à quatre voix ; cent actions et au delà, à cinq voix. — Comme représentant d'actionnaires absents, nul fondé de pouvoir ne pourra cumuler plus de cinq voix, y compris la sienne.

Art. 82. — L'Assemblée générale sanctionne ou révoque les premiers Gérants ; en cas de révocation, de décès, de démission ou d'empêchement quelconque, les remplace tous les deux ou l'un ou l'autre. — Elle nomme les membres du Conseil de surveillance, en remplace les membres sortants, démissionnaires ou décédés. — Elle entend le rapport sur la situation des affaires sociales. — Elle approuve les comptes, s'il y a lieu, et aussi la répartition des bénéfices, en se conformant aux décisions prises par la première Assemblée générale et aux dispositions des Statuts. — Elle approuve tous les ans, s'il y a lieu, les dividendes à répartir suivant la balance générale et conformément aux prescriptions des présents Statuts. — Elle délibère sur les propositions d'augmentation du fonds social ou les emprunts, sur les modifications qu'il serait utile d'apporter aux Statuts et sur la dissolution de la Société, si elle était jugée nécessaire. — En général, elle prononce sur tous les points qui sont dans ses attributions, conformément aux présents Statuts.

Art. 83. — Les décisions prises par l'Assemblée générale, conformément aux Statuts, sont obligatoires pour les actionnaires absents ou dissidents.

Art. 84. — Les délibérations de l'Assemblée générale sont constatées par des procès-verbaux inscrits sur un registre spécial et signés par les membres du Bureau. — Une feuille destinée à constater le nombre des membres assistant à l'Assemblée, celui des voix qui leur appartiennent et des actions dont ils se sont prouvés possesseurs, restera annexée à la minute du procès-verbal. — Cette minute sera revêtue des signatures des Gérants de la Société, du Président, du vice-Président, des Scrutateurs et du Secrétaire de l'Assemblée générale.

Art. 85. — Lorsqu'il sera nécessaire, pour un motif quelconque, de justifier des délibérations de l'Assemblée, il sera délivré des copies ou extraits du registre des procès-verbaux certifiés et signés par les Gérants et par le Président du Conseil de surveillance ou par un de ses collègues remplissant ses fonctions.

TITRE VII. — Inventaires, Comptes annuels.

Art. 86. — L'année sociale commence le 1er mai et finit le 31 avril. — Par exception, la première année sociale comprendra le temps écoulé depuis la constitution de la Société jusqu'au 31 mai 1858.

Art. 87. — A la fin de chaque année sociale, il sera fait par les soins des Gérants un inventaire général de l'actif et du passif de la Société. — Les comptes seront certifiés par le Conseil de surveillance. — Ils seront soumis à l'approbation de l'Assemblée générale, qui fixera le dividende à distribuer, après avoir entendu le rapport du Conseil de surveillance.

TITRE VIII. — Répartition des bénéfices.

Art. 88. — Les bénéfices de la Société se composent des produits nets de toutes les opérations effectuées, déduction faite des charges. — Sur ces bénéfices, on prélèvera annuellement d'abord la somme nécessaire pour servir cinq pour cent d'intérêt aux Actionnaires. — Sur le dividende proprement dit on retiendra les parts accordées aux Gérants, au Conseil de surveillance, au fonds de réserve et d'amortissement, et enfin aux employés de la Société. — Le reste sera distribué aux Actionnaires.

Art. 89. — Le paiement des intérêts se fera le 15 février et la répartition des bénéfices le 31 juillet de chaque année.

Art. 90. — Tout dividende ou intérêt non réclamé dans le délai de cinq ans est prescrit en faveur de la Société.

TITRE IX. — Fonds de réserve.

Art. 91. — Le fonds de réserve est composé par l'accumulation des sommes prélevées annuellement sur les bénéfices.

Art. 92. — Lorsque le fonds de réserve aura atteint plus de la moitié du capital social, une partie du capital pourra être remboursée et les actions changées en actions de jouissance, qui auront droit aux dividendes, mais non aux intérêts.

Art. 93. — En cas d'insuffisance des produits d'une année pour fournir aux actions les intérêts précédemment fixés sur le capital émis, la différence devra être prélevée sur le fonds de réserve.

Art. 94. — L'emploi des capitaux appartenant au fonds de réserve sera réglé par l'Assemblée générale des Actionnaires.

TITRE X. — Modification des Statuts.

Art. 95. — L'Assemblée générale pourra, sur la proposition des Gérants, le Conseil de surveillance entendu, apporter aux présents Statuts les modifications qu'elle jugera convenables. — Elle pourra notamment autoriser : — 1° l'augmentation du capital social, — 2° l'extension des opérations de la Société, — 3° sa transformation en Société anonyme, — 4° l'extension de sa durée. — Dans ces divers cas, les convocations devront indiquer sommairement l'objet de la réunion.

Art. 96. — La décision ne sera valable qu'autant qu'elle réunira les deux tiers des voix des membres présents ou représentés. — La majorité ainsi formée devra comprendre plus du quart du nombre total des Actionnaires et représenter plus du quart du capital social en numéraire. — Les Gérants demeureront de fait autorisés à prendre les mesures nécessaires pour l'exécution des décisions.

TITRE XI. — Dissolution et Liquidation de la Société.

Art. 97. — En cas de perte de la moitié du capital social souscrit, la dissolution de la Société pourra être prononcée par une décision de l'Assemblée générale sur la proposition du Conseil de surveillance. — Les dispositions des articles 95 et 96, relatives à la convocation et aux conditions de validité des délibérations de l'Assemblée sont applicables à ce cas.

Art. 98. — En cas de dissolution de la Société, l'Assemblée générale, sur la proposition des Gérants, le Conseil de surveillance entendu, réglera le mode de liquidation et nommera un ou plusieurs liquidateurs. — Pendant le cours de la liquidation, les attributions de l'Assemblée générale seront les mêmes que pendant l'existence de la Société. — Elle aura notamment le droit d'examiner les comptes de la liquidation et de consentir toutes les quittances et décharges données par les Gérants.

Art. 99. — La nomination des liquidateurs fait cesser les pouvoirs des Gérants, ainsi que ceux des membres du Conseil de surveillance.

TITRE XII. — Contestations.

Art. 100. — Si les Actionnaires avaient à soutenir collectivement et dans un intérêt commun, comme demandeurs ou comme défendeurs, un procès contre les Gérants ou contre les membres du Conseil de surveillance, ou bien encore contre les uns et contre les autres, ils seraient représentés par des commissaires nommés en Assemblée générale, extrordinairement réunie à cet effet. — Si quelques actionnaires seulement se trouvaient engagés comme demandeurs ou comme défendeurs dans la contestation, les commissaires seraient élus par une assemblée spéciale des actionnaires parties au procès. — Dans le cas où un obstacle quelconque empêcherait la nomination des commissaires par l'Assemblée générale ou par l'Assemblée spéciale, il y serait pourvu par le Tribunal de commerce, sur la requête de la partie la plus diligente. — Nonobstant la nomination des commissaires, chaque Actionnaire a le droit d'intervenir dans l'instance, à la charge de supporter les frais de son intervention.

Art. 101. — Dans le cas de contestation, tout Actionnaire devra faire élection de domicile à Paris, et toutes notifications et assignations seront valablement faites au domicile par lui élu, sans avoir égard à la distance de la demeure réelle. A défaut d'élection de domicile, cette élection aura lieu de plein droit, pour les notifications judiciaires, au parquet de M. le Procureur impérial près le tribunal de première instance de la Seine. — Le domicile élu formellement ou implicitement, comme il vient d'être dit, entraînera attribution de juridiction aux tribunaux compétents du département de la Seine.

TITRE XIII. — Comités scientifiques, artistiques et littéraires.

Art. 102. — En outre des Gérants et du Conseil de surveillance, lesquels s'occupent des affaires financières et commerciales, il est établi divers Comités spécialement chargés de la sauvegarde des intérêts particuliers des auteurs et artistes et qui seront, pour ainsi dire, le Conseil intellectuel de la Société. — Leur nombre est dès à présent fixé comme il suit :

1. COMITÉ DE LECTURE.

1re section............	Sciences mathématiques........	6 membres.
	Art militaire et naval............	id.
	Sciences physiques et naturelles..	id.
	Médecine, chirurgie, hygiène....	id.
	Sciences appliquées à l'agriculture.	id.
	Sciences appliquées à l'industrie..	id.

2e section	Jurisprudence	0 membres.
3e section	Histoire	id.
	Géographie et Voyages	id.
	Politique	id.
	Statistique et économie politique.	id.
4e section	Poésie	id.
	Théâtre	id.
	Littérature variée	id.
5e section	Instruction primaire	id.
	Instruction secondaire	id.
	Instruction supérieure	id.
	Littérature populaire	id.

II. COMITÉ MUSICAL.

Compositeurs .... 0 membres.

III. COMITÉ ARTISTIQUE.

Architectes	0 membres.
Sculpteurs	id.
Peintres	id.
Dessinateurs et graveurs	id.

IV. COMITÉ DRAMATIQUE ET DES FÊTES.

Il se compose des Gérants de la Société, de trois membres de la première section du comité de lecture (Théâtre), de trois membres du Comité musical et de trois artistes dramatiques.

V. COMITÉ INTERNATIONAL.

Composé d'étrangers des diverses nationalités, il se subdivise, comme ceux qui précèdent, mais les réunit tous; il comprend la moitié des membres de tous les comités réunis.

Art. 103. — Ces Comités ont pour mission d'examiner les œuvres qui leur seront soumises soit par les auteurs et les artistes, soit par les Gérants de la Société, et d'en proposer la publication, l'exécution, l'exposition ou le rejet. — A eux seuls appartient la distribution des secours. — Ils sont appelés comme conseils pour la fixation des avances à faire sur les ouvrages acceptés. — Les manuscrits et objets d'art soumis au jugement des Comités ne devront pas être signés. Ils seront reconnus par des signes ou devises marqués sur les œuvres, et répétés dans des lettres adressées aux Gérants et qui seront décachetées après le jugement.

Art. 104. — D'après le rapport favorable desdits Comités la Société pourra se charger, au lieu et place des auteurs, de faire toutes les démarches nécessaires pour la réception des œuvres artistiques et littéraires, auprès des directeurs de théâtres, des rédacteurs en chef de journaux et de revues.

Art. 105. — Si quelque difficulté s'élevait entre les Gérants et le Conseil de surveillance, d'une part, et l'un des Comités spéciaux, de l'autre, tous les Comités se réuniraient et ce Comité général, les parties entendues, prononcerait en premier ressort. — Si la décision du Comité général n'était pas acceptée par les Gérants de concert avec le Conseil de surveillance, une assemblée générale des auteurs et artistes, convoquée *ad hoc*, entendrait une double exposition des faits et voterait au scrutin secret sur les solutions proposées par les uns ou par les autres. — Le vote de l'assemblée des auteurs et artistes serait obligatoire dès qu'il aurait été sanctionné par la première Assemblée générale des Actionnaires.

Art. 106. — Lesdits Comités ne se réuniront qu'une fois par mois, ou sur la convocation des Gérants, pour décider des affaires qui leur seront soumises. Les Gérants ou leurs délégués assisteront de droit aux séances. — Les Comités présenteront des rapports écrits et signés par leurs Présidents et Secrétaires.

Art. 107. — Les membres de ces divers Comités seront indemnisés par des jetons de lecture ou d'examen, et par des jetons de présence. Les jetons de lecture ou d'examen seront à la charge des auteurs ou artistes dont les œuvres auront été reçues, et portées à leur débit. La Société prend à son compte les jetons de lecture ou d'examen des œuvres refusées, ainsi que les jetons de présence aux séances mensuelles ou ayant lieu sur la convocation des Gérants. — La valeur de ces divers jetons sera fixée après débat contradictoire entre les Gérants et tous les comités réunis, mais cette valeur ne sera définitive qu'après avoir été sanctionnée par l'assemblée générale des auteurs et artistes d'une part, et l'Assemblée générale des Actionnaires d'autre part.

TITRE XIV. — Assemblées générale et particulières des auteurs et artistes.

Art. 108. — L'assemblée générale des auteurs et artistes aura lieu tous les ans dans le courant du mois de janvier.

Art. 109. — Elle se composera : 1° de tous les auteurs et compositeurs qui auront déposé au moins deux exemplaires d'un de leurs ouvrages pour le cabinet de lecture universel et pour l'exposition et la vente à leur profit ; 2° de tous les artistes qui auront fourni des preuves certaines de leur qualité d'artistes et se seront engagés à confier tout ou partie de leurs intérêts à la Société.

Art. 110. — Elle entendra un rapport détaillé des recettes et dépenses de la Caisse de secours, discutera l'emploi des fonds disponibles, autorisera la balance des comptes annuels.

Art. 111. — Elle entendra le compte rendu de l'Orateur de tous les Comités réunis sur les travaux desdits Comités et l'état des sciences, des lettres et des arts à la fin de l'année écoulée. — Elle approuvera ou désapprouvera les conclusions de l'Orateur et, sans s'immiscer en rien dans les affaires commerciales, industrielles, financières de la Société, aura le droit de formuler des vœux ou des griefs qui, par l'entremise d'un délégué nommé par elle, seront transmis aux Gérants.

Art. 112. — Dans le même mois de janvier de chaque année auront lieu, également à Paris, des assemblées particulières pour l'élection des membres des diverses sections des Comités. = Des assemblées spéciales pourront se réunir dans les capitales étrangères où la Société aura établi ses succursales de premier ordre pour la formation du Comité international. — De même, des assemblées particulières pourront être convoquées dans les principales villes de province où la Société aura établi des agences centrales.

Art. 113 — Ne pourront être élus membres des divers Comités que des savants, littérateurs et artistes résidant à Paris ou dans les environs et ayant droit d'assister aux assemblées générales et particulières. — Les membres des Comités pourront être réélus.

Art. 114.—La convocation des assemblées des auteurs et artistes sera faite par les Gérants de la Société, et leur ordre du jour sera fixé par les Comités, réunis en Comité général, au moins un mois avant la réunion, par avis inséré dans les journaux.

Art. 115. — Nul n'y sera admis sans carte nominative. — La distribution des cartes se fera, pour les réunions tenues à Paris, au siége de la Société, dans la quinzaine précédant la réunion.

Art. 116. — Les Présidents et Vice-Présidents seront nommés d'avance par les Comités, mais les Scrutateurs seront élus par les assistants à l'ouverture de la séance. — Les Présidents, les vice-Présidents et les Scrutateurs choisiront les Secrétaires.

Art. 117. —Les Gérants et les membres du Conseil de surveillance auront le droit d'assister à ces réunions, d'y faire des motions et de répondre aux questions qui seraient posées à la Société en général.

Art. 118. — A l'Assemblée générale les votes se formuleront par assis et levé, à la majorité absolue des membres présents. — On votera au scrutin secret dans les assemblées particulières. = Tant que ne seront pas organisées les réunions étrangères et départementales, les auteurs et artistes des départements et de l'Etranger pourront adresser leurs votes par lettres affranchies, qui seront décachetées publiquement par les Scrutateurs,

Art. 119. — Les assemblées de Paris délibéreront valablement dès qu'elles réuniront la moitié plus un des membres habitant les départements de la Seine, de Seine-et-Oise et de Seine-et-Marne.

Art. 120. — Si, après une première convocation, cette condition ne peut pas être remplie, huit jours après la réunion remise, une nouvelle convocation sera faite, et quel que soit le nombre de ceux qui y répondront, les décisions prises seront valables.

Art. 121. — Les décisions prises par l'Assemblée générale et les assemblées particulières des auteurs et artistes, conformément aux Statuts, seront obligatoires pour les membres absents ou dissidents.

TITRE XV. — Dispositions transitoires.

Art. 122. — Lorsque toutes les actions auront été souscrites et que le quart du capital social (soit : DEUX MILLIONS CINQ CENT MILLE FRANCS) aura été versé, conformément à la loi, une Assemblée générale des Actionnaires sera réunie pour approuver les Statuts et déclarer l'ouverture des opérations de la Société. La convocation en sera faite dans les principaux journaux de France et de l'Étranger un mois à l'avance, et cette assemblée, pour délibérer valablement, devra remplir toutes les prescriptions de l'article 96.

Art. 123. — Les fondateurs de la Société, assumant sur eux la responsabilité de toutes les mesures à prendre pour son établissement, dresseront la liste des personnes qui, les premières, auront déclaré adhérer à leur idée, et sur cette liste constitueront un COMITÉ DE FONDATION, qui les aidera de ses conseils et de son influence jusqu'au moment où la première Assemblée générale des Actionnaires constituera le premier Conseil de surveillance.

Art. 124. — La première assemblée générale et les premières assemblées particulières des auteurs et artistes seront convoquées pour remplir les prescriptions du titre XIV dans les trois mois qui suivront l'organisation financière et légale de la Société. — En attendant, les fondateurs de la Société dresseront la liste des membres des divers Comités, liste toute provisoire et que les auteurs et artistes seront libres d'adopter ou de rejeter.

Les auteurs de ce projet le soumettent au jugement du public.

De tous les intéressés, ils réclament une critique sérieuse et loyale.

Ils se tiennent prêts à faire droit à toutes les observations qui leur seront transmises, en tant qu'elles se trouveront conformes au but qu'ils se sont proposé.

Ils s'offrent également à fournir tous les renseignements désirables et à répondre à toutes les questions qui leur seront adressées par voie publique ou privée.

En attendant l'installation d'un bureau, où les visiteurs pourront être reçus, les adhésions, demandes d'actions, réclamations et propositions, devront être adressées, *par lettres affranchies*, à MM. Chassin et Cauval, chez leur éditeur.

Paris, le 1er décembre 1856.

Paris, Imprimerie de Paul Dupont,
Rue de Grenelle-St-Honoré, 45.

Paris. Imprimerie de Paul Dupont, rue Grenelle-Saint-Honoré, 45.

www.ingramcontent.com/pod-product-compliance
Ingram Content Group UK Ltd.
Pitfield, Milton Keynes, MK11 3LW, UK
UKHW020401250726
13967UKWH00005B/2418

9 782013 065863